Zwei Diebe

Wilhelm Busch

AF398086

copyright © 2023 Culturea éditions
Herausgeber: Culturea (34, Hérault)
Druck: BOD - In de Tarpen 42, Norderstedt (Deutschland)
Website: http://culturea.fr
Kontakt: infos@culturea.fr
ISBN:9791041909353
Veröffentlichungsdatum: FEBRUAR 2023
Layout und Design: https://reedsy.com/
Dieses Buch wurde mit der Schriftart Bauer Bodoni gesetzt.
Alle Rechte für alle Länder vorbehalten.
ER WIRT MIR GEBEN

Ganz heimlich flüstern diese zwei,
Natürlich nur von Lumperei.

Da gehen sie in tiefem Schweigen,
Wohin? das wird sich später zeigen.

Ein Fenster, welches nicht verschlossen,
Erklimmen sie auf Leitersprossen.

Hier schläft ein reicher Privatier
Bei seinem Gelde in der Näh'!

Und als der Privatier erwacht,
Ein Messer ihm entgegenlacht.

Schnell will er die Pistole kriegen,
Der Dieb mißgönnt ihm das Vergnügen.

Seht nur! wie die Pistole kracht,
Dem Lumpen hat es nichts gemacht.

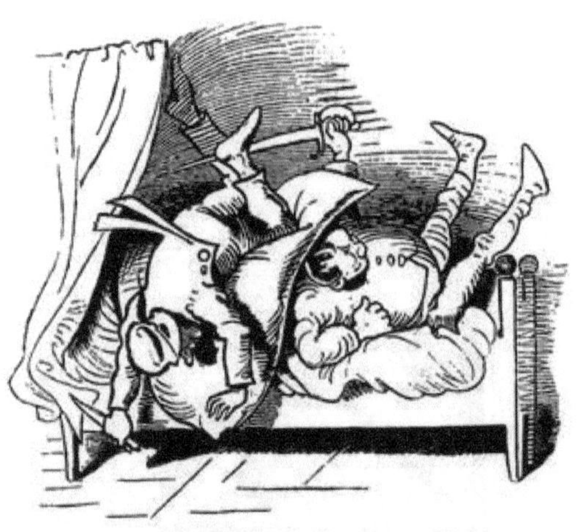

Der Privatier, ganz zornentbrannt,
Haut mit dem Säbel umeinand.

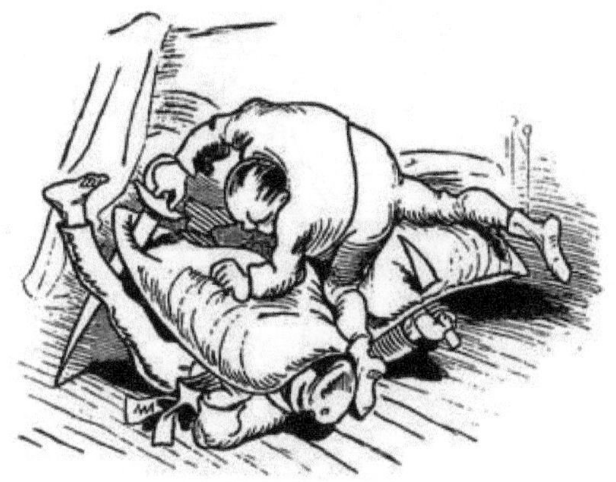

Und jeder haut und jeder sticht,
Und keiner trifft den andern nicht.

Hier knebeln sie den dicken Mann,
Daß er nicht schrein und laufen kann.

Und hängen ihn, o Sünd' und Schand',
An einen Nagel an die Wand.

Da kommt, vom lauten Knack erwacht,
Die Köchin im Gewand der Nacht.

Und ruft mit bangem Wehgeschrei
Durchs Fenster nach der Polizei.

Da faßt der Dieb sie bei der Jacke
Und überzieht sie mit dem Sacke.

Da liegt sie nun. Was hilft ihr Schrein?
Der Sack hüllt ihre Klagen ein.

Doch seht! Die brave Polizei
Kommt, wie gewöhnlich, schnell herbei.

Die Diebe sind im Schrank versteckt,
Die Polizei hat's gleich entdeckt.

Die Diebe sausen ins Gemach
Mit aufgespanntem Regendach.

Am Rücken liegt die Polizei,
Die Diebe stürmen schnell vorbei.

Da sieht man beide lustig fliegen,
Die böse Sache scheint zu siegen.

Doch still: die Strafe fehlet nie!
Gesegnet sei das Paraplü!